Josefina y la colcha de retazos

Eleanor Coerr
Ilustrado por Bruce Degen

Traducido por Aída E. Marcuse

Harper Arco Iris
An Imprint of HarperCollinsPublishers

La colección Harper Arco Iris ofrece una selección de los títulos más populares de nuestro catálogo. Cada título ha sido cuidadosamente traducido al español para retener no sólo el significado y estilo del texto original sino la belleza del lenguaje. Los primeros libros que aparecerán en esta nueva colección son:

¡Aquí viene el que se poncha!/Kessler
Un árbol es hermoso/Udry • Simont
Ciudades de hormigas/Dorros
El conejito andarín/Brown • Hurd
Harold y el lápiz color morado/Johnson
Mis cinco sentidos/Aliki
Pan y mermelada para Francisca/Hoban • Hoban
El señor Conejo y el hermoso regalo/Zolotow • Sendak
Se venden gorras/Slobodkina

Esté al tanto de los nuevos libros Harper Arco Iris que publicaremos en el futuro.

The Josefina Story Quilt
Text copyright © 1986 by Eleanor Coerr
Illustrations copyright © 1986 by Bruce Degen
Translation by Aída E. Marcuse. Translation copyright © 1995 by HarperCollins Publishers
Printed in the U.S.A. All rights reserved.

Library of Congress Cataloging-in-Publication Data
Coerr, Eleanor.
  [Josefina story quilt.   Spanish]
  Josefina y la colcha de retazos / Eleanor Coerr ; ilustrado por Bruce Degen ; traducido por Aída E. Marcuse.
    p.   cm. — (Ya sé leer)
  "Harper Arco Iris"
  Summary: While traveling west with her family in 1850, a young girl makes a patchwork quilt chronicling the experiences of the journey and reserves a special patch for her pet hen Josefina.
  ISBN 0-06-025319-3. — ISBN 0-06-444190-3 (pbk.)
  [1. Quilting—Fiction. 2. Chickens—Fiction. 3. Overland journeys to the Pacific—Fiction.] I. Degen, Bruce, ill.   II. Marcuse, Aída E.   III. Title.   IV. Series: Ya sé leer.
PZ73.C57 1995   94-33174
[E]—dc20   CIP
                                                                            AC

1 2 3 4 5 6 7 8 9 10 ❖ First Spanish Edition, 1995

Índice

Josefina

Corría el mes de mayo de 1850.

Esperanza se sentía contenta

porque se marchaban a California,

en una carreta.

—Mamá, por favor,

¿puedo llevar a Josefina? —preguntó.

Josefina era su gallina

y Esperanza la quería mucho.

Le gustaba sentir cómo se quedaba

quietecita en sus brazos

y cómo la seguía a todas partes.

Mamá horneaba pan

para el largo viaje.

—Pregúntale a Papá —le dijo.

Papá y Adán, el hermano de
Esperanza, cargaban la carreta.

—Por favor, Papá —rogó Esperanza—
¿puedo llevar a Josefina?

—No tenemos lugar para mascotas
—dijo Papá.

—¡Eso no es justo! —dijo Esperanza—.

Adán lleva su potrillo.

—Un potrillo no es una mascota.

Puede cargar el maíz —dijo Papá.

—¿Qué puede hacer Josefina?

—bromeó Adán—. Es demasiado

vieja para poner huevos

y muy dura para comérsela.

A Esperanza se le llenaron los ojos
de lágrimas.

Corrió a la casa.

Mamá se sentó en la mecedora
con Esperanza en su falda.

—Todos tenemos que dejar cosas atrás
—dijo cariñosamente—.

A mí me encanta esta mecedora,
pero no hay lugar en la carreta
para llevarla —dijo.

Esperanza hizo un esfuerzo por
reprimir sus sollozos.

—Pero yo cuidé a Josefina

desde que era un pollito —dijo—.

¿Quién se ocupará de ella ahora?

—Quizás un vecino pueda

quedarse con ella —dijo Mamá.

Pero nadie quería una gallina

que era demasiado vieja

para poner huevos

y muy dura para comérsela.

¡A California!

A la mañana siguiente,

la carreta estaba lista para partir.

Tenía un ribete azul

y un techo de lona blanca.

Mamá dio un paso atrás para admirarla.

—Parece una maceta de flores con

ruedas.

¿Verdad que es preciosa? —dijo.

Esperanza no contestó.

Estaba muy preocupada por Josefina.

15

—¿Pusiste las provisiones y las cosas

de la cocina en la carreta?

—preguntó Mamá.

Papá asintió con la cabeza.

—Entonces, sólo falta la ropa

de cama —dijo Mamá.

«Y Josefina» pensó Esperanza,

cada vez más triste.

Papá puso los colchones

dentro de la carreta

y Mamá los cubrió

con las colchas de retazos.

—No podemos dejar las colchas aquí.
Todas nuestras alegrías y nuestras
penas están representadas en ellas
—dijo Mamá.

Esperanza tomó en sus brazos a
Josefina y la apretó contra su pecho.
—Tampoco podemos dejar mi gallina
—dijo ella.

—¡Josefina SE QUEDA! —dijo Papá.

¡Ponla en el suelo ahora mismo!

Esperanza se quedó de pie, inmóvil,

acariciando las plumas de Josefina

y haciendo esfuerzos para no llorar.

Mamá le rogó a Papá, con la mirada,

y Papá suspiró.

—Está bien, Esperanza —dijo—,

pero si ocasiona algún problema,

¡AHÍ SE QUEDA!

—Muchas gracias, Papá

—dijo Esperanza—.

¡Te prometo que se portará bien!

Esperanza colocó a Josefina en su jaula

y Papá la sujetó en la parte de atrás

de la carreta.

Después alzó a Esperanza

y la sentó junto a la jaula.

Mamá le dio la bolsa de retazos.

—Cose un retazo cada vez
que puedas —le dijo.

Esperanza sabía lo importante que

eran esas colchas para recordar

la historia de la familia.

—¡En marcha! ¡A California!

—gritó Papá,

chasqueando su largo látigo.

¡ZAAAAÁS!

Los bueyes se pusieron en marcha.

Las campanillas de los bueyes
tintinearon.

Las pesadas cadenas de la carreta
rechinaron y las ruedas entonaron
su monótona canción.

Esperanza, sintiéndose feliz,

le sonrió a Josefina.

La carreta sería su hogar

durante el largo viaje al Oeste.

Después sacó un retazo de tela

de la bolsa.

—El primer cuadrado será

una caravana de carretas —dijo.

Y, cuidadosamente, empezó a coser,

con puntadas muy pequeñas,

la rueda de una carreta.

¡Qué líos!

Cuando cayó la noche,

colocaron las carretas en círculo,

alrededor de los animales.

Las mujeres prepararon la cena

sobre una fogata.

Después de comer cantaron

y tocaron el banjo.

Esperanza dejó de coser

y sacó a Josefina de su jaula

para que caminara un poco.

De pronto se oyó un fuerte ladrido:

¡GRRRRRUAU!

Y un perro salió corriendo detrás

de Josefina. Ésta cacareaba

y corría muy asustada.

—¡Regresa! —gritó Esperanza.

Pero, era demasiado tarde.

Josefina corría entre los animales.

Los caballos relinchaban

y trotaban asustados.

Las vacas pateaban y mugían.

Los bueyes bramaban.

—¡Todo por culpa de esa gallina!

—gritaba Papá, mientras corría tras ella.

—¡Casi causa una estampida!

—dijo muy enojado—.

¡AQUÍ SE QUEDA!

—¡Por favor, Papá,

dale otra oportunidad!

—le rogó Esperanza.

—Fue culpa del perro

—dijo Esperanza.

—Es cierto —dijo Mamá—.

Yo lo vi desde aquí.

Papá puso a Josefina en la jaula.

—Ésta es su última oportunidad.

Esa noche, Esperanza le suplicó:

—Josefina, por favor, pórtate bien.

—Cloc . . . Cloc . . .

—respondió la gallina.

Se entendían una a la otra

perfectamente,

como dos buenas amigas.

El rescate

Josefina se portaba bien.

Pasaba el día mirando a Esperanza

coser los retazos de la colcha.

No cacareó cuando el granizo cayó

sobre la lona de la carreta, ni cuando

llegaron las lluvias de primavera

y se empaparon sus plumas.

Apenas si cacareaba

cada vez que oía aullar los coyotes

en medio de la noche.

¡Pero cómo cacareaba

cuando cruzaban un río!

Un día llegaron a un río

ancho y turbio.

Josefina causó un alboroto tan

grande que Esperanza tuvo que

sacarla de la jaula

y sujetarla contra su pecho.

—No tengas miedo

—le canturreó bajito.

Papá guiaba los bueyes por el río

cuando ¡ZAAAAAÁS!

Una rueda trasera se enterró

en un surco.

Esperanza entreabrió los brazos
sin darse cuenta.

Josefina cayó al río
y la corriente la arrastró.

—¡Por favor, salven mi gallina!

—gritó Esperanza.

Adán se tiró al río,

pero la corriente era tan fuerte

que se necesitaron tres hombres

para sacarlos del agua.

—¡Basta! —gritó Papá—.

Josefina es demasiado vieja

para poner huevos,

muy dura para comérsela,

y se cae en los ríos.

¡AQUÍ SE QUEDA!

En ese momento,

Josefina encrespó las plumas,

lanzó un orgulloso

—¡CLOC, CLOC, CLOC!

y puso un enorme huevo blanco.

—¡Caramba! —dijo Papá.

—¡Ha vuelto a poner huevos!

—¡Magnífico! —dijo Mamá—,

tendremos huevos frescos.

Gracias a eso, Josefina se quedó.

Esperanza encontró un retazo blanco,

como el huevo, para la colcha.

¡Ladrones!

La primavera se convirtió en verano.

El desierto se tornó aún más

seco y caluroso.

Esperanza contó los retazos,

ya tenía quince.

Ahora haría uno sobre el desierto.

Pero una desgracia sucedía a la otra.

Las ruedas se zafaban de las carretas

y no había suficiente comida

para los animales.

Murieron tres bueyes.

Papá tuvo que abandonar

sus herramientas y la cocina

de hierro de Mamá.

Dos viejitos fallecieron

y fueron sepultados

a un lado del camino.

Ya nadie reía ni cantaba.

Nadie sonreía.

Esperanza siempre tenía hambre,

pero no se quejaba.

Buscaba semillas para Josefina.

La marcha se hacía más difícil

en las colinas, donde el camino era

empinado y rocoso.

Una mañana, llegaron unos indios.

Querían canjear carne de búfalo y agua

por las colchas de retazos de Mamá.

—¡Ni hablar! —dijo Mamá—.

¡Prefiero morir de hambre!

Querían llevarse a Josefina.

—¡Jamás! —gritó Esperanza—.

¡Prefiero morir!

Papá canjeó ropa

por agua y comida.

Después de la cena,

todos se sintieron mejor.

Pero los alimentos se les

terminaron rápidamente.

—Si los indios regresan

—le dijo Papá a Esperanza—,

no tendremos más remedio

que darles a Josefina

a cambio de agua.

Esperanza rogó para

que no regresaran nunca.

La noche era helada.

Los hombres dormían

bajo las carretas.

Mamá les dio las colchas a Papá

y a Adán, y ella y Esperanza se

arroparon con mantas viejas.

A medianoche, dos ladrones
entraron en el campamento
y se acercaron a la carreta.
Cuando trataron de llevarse las
colchas, Josefina los oyó.
—¡CLOC, CLOC, CLOC!
—cacareó alarmada.

53

Todos despertaron, y los
ladrones huyeron rápidamente.

Por primera vez, en muchos días,
Papá comenzó a reír.

—Josefina será vieja —dijo—,
pero es un magnífico guardián.

¡Adiós, Josefina querida!

Papá se acercó a la jaula

para darle las gracias a Josefina,

pero la pobre gallina vieja

estaba tendida en el suelo.

Esperanza ocultó la cara

en el pecho de Mamá.

—Ten valor —dijo Mamá,

con dulzura—.

Josefina disfrutó de una larga vida.

—Puedes sentirte muy orgullosa

de ella —dijo Papá.

—Dio su vida por ayudarnos

—dijo Adán.

Pero Esperanza no se consolaba.

No lograba contener el llanto.

Mamá la abrazó

por largo rato.

Al día siguiente,

fue el funeral

de Josefina.

Esperanza la envolvió

con el retazo de tela

más hermoso que tenía,

y Adán la enterró a la sombra

de un alto pino.

—¡La extraño tanto!

—susurró Esperanza entre sollozos.

Finalmente, secó sus lágrimas

y fue en busca de la bolsa de retazos.

—Voy a coser un pino

en recuerdo de Josefina —dijo.

Continuaron la marcha,

y al poco tiempo encontraron

agua y comida.

Cuando llegaron a California,

Esperanza había terminado los retazos.

Una vez en su nueva cabaña,

Papá construyó un bastidor

y toda la familia ayudó a Esperanza

a coser los retazos

para la colcha

de su cama.

Mientras cosían los retazos,

recordaban los buenos

y los malos momentos

que pasaron durante

el viaje en caravana.

Y todas las noches,

Esperanza dormía feliz,

bien arropada,

en la colcha de Josefina.

Nota de la autora

A mediados del siglo pasado, miles de pioneros
viajaron al Oeste, en carretas, en busca de una vida
mejor. Por lo general, partían de los pueblos
fronterizos de Missouri, en la primavera, en grupos
de familias que viajaban en caravanas para
ayudarse y protegerse unos a otros. Demoraban
unos seis meses en llegar a California.

Cada carreta iba cargada de provisiones,
cacerolas, herramientas, ropas y muebles. Se
necesitaban cinco o seis yuntas de bueyes para
tirar de ella. Recorrían entre doce y quince millas
diarias a través de peligrosos ríos, calurosos
desiertos y caminos rocosos y escarpados.

Los niños no iban a la escuela, pero tenían tareas en qué ocuparse. Las mujeres y las niñas tejían, remendaban la ropa o hacían colchas de retazos.

Las colchas de retazos se regalaban a los recién nacidos, en los cumpleaños y en las bodas. Atesoradas por sus dueños, las más hermosas se exhibían en las ferias de los pueblos y algunas obtenían premios.

En aquellos tiempos, las colchas de retazos no sólo servían de abrigo, sino que en ellas se representaba la vida diaria de la familia. Muchos de los diseños que se utilizan hoy día, como la rueda de carreta, la estrella de Texas, la cabaña de maderos y la flor del cacto, tienen su origen en la época de las caravanas de carretas.

En algunos museos se conservan colchas de retazos tan antiguas como la que cuenta la historia de Esperanza y Josefina.